하루 한 장 치매 예방과
뇌 건강을 위한 작은 습관

우리
옛시조
시니어
시니어책
필사책

WG Contents Group 지음

북핀

머리말

어린 시절 외웠던 노랫말이나 시 한 줄이 문득 떠올라 가슴 한편이 따뜻해지는 것을 느끼신 적이 있으신가요?

우리 옛시조는 한국 고유의 정형시로 오랜 세월을 건너 오늘날까지도 우리 곁에 남아 있는 소중한 문학 유산입니다. 45자 내외의 짧은 구절로 되어 있으면서도 율격이 있어서 읊어보는 맛이 있습니다. 삶의 지혜와 자연의 아름다움, 사람 사이의 정을 담아낸 시조는 읽을 때마다 마음을 어루만져 주는 힘이 있습니다.

이 책은 우리의 아름다운 옛시조 35편을 직접 손으로 따라 써볼 수 있도록 만든 필사책입니다. 손으로 글씨를 쓰는 것은 단순한 취미 이상의 가치가 있습니다. 연구에 따르면 손을 움직이는 활동은 뇌를 자극하고 인지 기능을 활발하게 유지하는 데 도움을 줍니다. 특히 의미 있는 글을 천천히 따라 쓰는 필사는 집중력을 높이고 치매 예방에도 긍정적인 효과가 있다고 알려져 있습니다. 그리고 무엇보다 가장 좋은 효과는, 글씨 한 자 한 자를 써 내려가는 그 시간 자체가 마음의 위안이 된다는 것입니다. 익숙한 시조 구절을 다시 만나는 반가움, 옛 기억과 함께 떠오르는 따뜻한 감정들, 그리고 한 편을 다 쓰고 났을 때의 작은 성취감까지. 이 모든 것이 여러분의 마음을 풍요롭게 해줄 것입니다.

오늘 하루, 잠깐 시간을 내어 펜을 들어보세요. 서두르지 않아도 됩니다. 예쁘게 쓰지 않아도 괜찮습니다. 그저 천천히, 글자 하나하나에 마음을 담아 써 내려가다 보면, 어느새 기분 좋은 감정과 평온한 시간이 여러분 곁에 머물러 있을 것입니다.

우리 옛시조를 따라 쓰는 시간이 여러분에게 즐거움을 선사하고 마음 건강을 챙기는 것에도 큰 도움이 되기를 바랍니다.

목차

1

청산은 나를 보고

나옹선사

청산은 나를 보고 말없이 살라하고
창공은 나를 보고 티 없이 살라하네
욕심도 벗어놓고 성냄도 벗어놓고
물같이 바람같이 살다가 가라하네

현대어 풀이

푸른 산은 나에게 조용하게 살아가라 하고
푸른 하늘은 나에게 깨끗하게 살라고 하네.
욕심부리지도 말고 화내지도 말고
물처럼 바람처럼 살다가 떠나라고 하네.

청산은 나를 보고
말없이 살라하고
창공은 나를 보고
티 없이 살라하네
욕심도 벗어놓고
성냄도 벗어놓고
물같이 바람같이
살다가 가라하네

2

한 손에 막대 잡고

우탁

한 손에 막대 잡고 또 한 손에 가시 쥐고
늙는 길 가시로 막고 오는 백발 막대로 치렸더니
백발이 제 먼저 알고 지름길로 오더라

현대어 풀이

한 손에는 막대기를 들고, 다른 한 손에는 가시넝쿨을 쥐고
늙어가는 길은 가시넝쿨로 막고, 백발이 찾아오면 막대기로 치려고 했더니
백발이 내 속셈을 알고 먼저 지름길로 찾아오더라.

한 손에 막대 잡고
또 한 손에 가시 쥐고
늙는 길 가시로 막고
오는 백발 막대로 치렸더니
백발이 제 먼저 알고
지름길로 오더라

이화에 월백하고

이조년

이화에 월백하고 은한이 삼경인제
일지춘심을 자규야 알랴마는
다정도 병인양하여 잠 못 들어 하노라

하얗게 핀 배꽃에 달빛이 환하게 비추고 은하수는 자정을 알리는 한밤인데
배나무 한 가지에 깃든 봄날의 마음을 두견새가 알고 우는 것이겠냐마는
정이 많은 것도 병인 것인지 잠을 이루지 못하네.

이화에 월백하고
은한이 삼경인제
일지춘심을
자규야 알랴마는
다정도 병인양하여
잠 못 들어 하노라

4

구름이 무심탄 말이

이존오

구름이 무심탄 말이 아마도 허랑하다
중천에 떠 있어 임의로 다니면서
구태여 광명한 날빛을 따라가며 덮나니

현대어 풀이

구름(간신)이 아무 사심이 없다는 말은 아마도 허무맹랑한 거짓말이다.
하늘 높이 떠서 제 마음대로 다니면서
굳이 밝은 햇빛(임금)을 따라가며 가리지 않는가.

구름이 무심탄 말이
아마도 허랑하다
중천에 떠 있어
임의로 다니면서
구태여 광명한 날빛을
따라가며 덮나니

5

내 가슴 구멍 뚫어

변안열

내 가슴 구멍 뚫어 동아줄로 길게 꿰어
앞뒤로 끌고 당겨 이 한 몸 가루가 된들
임 향한 이 굳은 뜻을 내 뉘라고 굽히랴

현대어 풀이

내 가슴에 큰 구멍을 뚫고 굵고 튼튼하게 꼰 줄을 길게 넣어서
너희가 앞뒤로 끌고 당기며 내 몸을 가루로 만들더라도
임(고려, 임금)을 향한 나의 굳은 뜻은 굽혀질 일이 절대 없다.

내 가슴 구멍 뚫어
동아줄로 길게 꿰어
앞뒤로 끌고 당겨
이 한 몸 가루가
된들
임 향한 이 굳은
뜻을
내 뉘라고 굽히랴

6

백설이 잦아진 골에

이색

백설이 잦아진 골에 구름이 머흐레라
반가운 매화는 어느 곳에 피었는고
석양에 홀로 서서 갈 곳 몰라 하노라

현대어 풀이

흰 눈(충신)이 녹아 없어진 골짜기(고려)에 구름(이성계 일파)이 잔뜩 끼었구나.
반가운 매화(절개, 지조)는 어디에 피었는가?
석양(기울어 가는 고려 왕조)에 홀로 서 있는 나는 어디로 가야 할지 모르겠구나.

백설이 잦아진 골에
구름이 머흐레라
반가운 매화는
어느 곳에 피었는고
석양에 홀로 서서
갈 곳 몰라 하노라

이 몸이 죽고 죽어

정몽주

이 몸이 죽고 죽어 일백 번 고쳐 죽어
백골이 진토 되어 넋이라도 있고 없고
임 향한 일편단심이야 가실 줄이 있으랴

현대어 풀이

내가 죽고 다시 살아나서 또 죽기를 수백 번을 반복하고
내 뼈가 썩어 흙과 먼지가 되고 영혼도 세상에 있든 없든 간에
임(고려, 임금)만을 향한 나의 충성된 마음이 변할 리가 있겠는가.

이 몸이 죽고 죽어
일백 번 고쳐 죽어
백골이 진토 되어
넋이라도 있고 없고
임 향한 일편단심이
야
가실 줄이 있으랴

오백 년 도읍지를

길재

오백 년 도읍지를 필마로 돌아드니
산천은 의구한데 인걸은 간 데 없네
어즈버 태평연월이 꿈이런가 하노라

현대어 풀이

오백 년 역사의 고려의 옛 수도인 송도(도읍지)를 한 필의 말을 타고 돌아보니
자연은 여전히 그대로인데 사람은 흔적이 없구나.
아아, 평화롭던 시절이 꿈이었구나 싶다.

오백 년 도읍지를
필마로 돌아드니
산천은 의구한데
인걸은 간 데 없네
어즈버 태평연월이
꿈이런가 하노라

까마귀 싸우는 골에

작자 미상

까마귀 싸우는 골에 백로야 가지 마라
성난 까마귀 흰 빛을 새오나니
청강에 좋이 씻은 몸을 더럽힐까 하노라

현대어 풀이

까마귀들(간신, 변절자)이 싸우는 골짜기에 백로(충신)야 가지 말아라.
성난 까마귀들이 너의 하얀 빛을 시샘할 터이니
맑은 강물에 깨끗하게 씻은 네 몸이 더러워질까 걱정되는구나.

까마귀 싸우는 골에
백로야 가지 마라
성난 까마귀
흰 빛을 새오나니
청강에 좋이 씻은 몸을
더럽힐까 하노라

까마귀 검다 하고

이직

까마귀 검다 하고 백로야 웃지 마라
겉이 검은들 속조차 검을쏘냐
겉 희고 속 검은 이는 너뿐인가 하노라

현대어 풀이

까마귀(조선 건국에 참여한 고려 신하)의 색이 검다고 백로(고려 유신)야 비웃지 말아라.
겉의 색깔이 검다고 해서 속마음(양심)도 검겠느냐.
겉은 희지만, 오히려 속마음이 검은 것은 네가 아니더냐.

까마귀 검다 하고
백로야 웃지 마라
겉이 검은들
속조차 검을쏘냐
겉 희고 속 검은
이는
너뿐인가 하노라

이런들 어떠하며

이방원

이런들 어떠하며 저런들 어떠하리
만수산 드렁칡이 얽어진들 어떠하리
우리도 이같이 얽어져 백 년까지 누리리라

현대어 풀이

이러면 어떻고 또 저러면 어떻습니까?
만수산의 바위와 나무를 타고 오르며 꼬인 칡덩굴처럼 얽히면 또 어떻습니까?
곧게 뻗지 말고 곡선으로 서로 얽혀서 오래도록 함께해 나가시지요.

이런들 어떠하며
저런들 어떠하리
만수산 드렁칡이
얽어진들 어떠하리
우리도 이같이 얽어져
백 년까지 누리리라

삭풍은 나무 끝에 불고

김종서

삭풍은 나무 끝에 불고 명월은 눈 속에 찬데
만리변성에 일장검 짚고 서서
긴 파람 큰 한소리에 거칠 것이 없어라

현대어 풀이

겨울 북쪽 찬 바람은 나뭇가지를 흔들고 밝은 달은 눈 속에서 차갑게 빛나는데
만 리 밖 국경의 성에 긴 칼을 들고 서서
길게 휘파람 불고 크게 소리 지르니 두려워할 것이 없구나.

삭풍은 나무 끝에 불고
명월은 눈 속에 찬데
만리변성에
일장검 짚고 서서
긴 파람 큰 한소리에
거칠 것이 없어라

이 몸이 죽어 가서

성삼문

이 몸이 죽어 가서 무엇이 될고 하니
봉래산 제일봉에 낙락장송 되었다가
백설이 만건곤할 제 독야청청하리라

현대어 풀이

내가 죽어서 무엇이 될 것인가 생각해 보니
봉래산 제일 높은 봉우리에 우뚝 솟은 키 큰 소나무가 되어있다가
흰 눈이 온 세상에 가득할 때 홀로 푸르게 빛나겠노라.

이 몸이 죽어 가서
무엇이 될고 하니
봉래산 제일봉에
낙락장송 되었다가
백설이 만건곤할 제
독야청청하리라

14

장검을 빼어 들고

남이

장검을 빼어 들고 백두산에 올라보니
대명 천지에 성진이 잠겨세라
언제나 남북 풍진을 헤쳐 볼꼬 하노라

현대어 풀이

긴 칼을 빼어 들고 백두산에 올라가 바라보니
환하게 밝고 넓은 세상에 비린내 나는 먼지가 자욱하구나.
언젠가 남북의 오랑캐들(왜구, 여진족)이 일으키는 전쟁을 평정해 볼까 하노라.

장검을 빼어 들고
백두산에 올라보니
대명 천지에
성진이 잠겨세라
언제나 남북 풍진을
헤쳐 볼꼬 하노라

청산은 어찌하여

이황

청산은 어찌하여 만고에 푸르르며
유수는 어찌하여 주야에 긋지 아니는고
우리도 그치지 말고 만고상청 하리라

현대어 풀이

푸른 산은 왜 오랜 세월에도 푸르고
흐르는 물은 왜 밤낮으로 그치지 않고 흐르는 것인가?
우리도 저 푸른 산과 흐르는 물처럼 오랜 세월이 지나도 변함없이 푸르게(자기 수양) 살리라.

청	산	은		어	찌	하	여		
만	고	에		푸	르	르	며		
유	수	는		어	찌	하	여		
주	야	에		긋	지		아	니	는
고									
우	리	도		그	치	지		말	고
만	고	상	청		하	리	라		

꽃 피면 달 생각하고

이정보

꽃 피면 달 생각하고 달 밝으면 술 생각하고
꽃 피자 달 밝자 술 얻으면 벗 생각하네
언제면 꽃 아래 벗 데리고 완월장취하려뇨

현대어 풀이

꽃이 피면 달을 생각하고 달이 밝게 떠오르면 술을 생각하고
꽃이 피고 달이 밝고 술이 있으면 벗이 생각나네.
언제쯤 꽃 아래에서 벗과 함께 달구경하며 오랫동안 술에 취하려나.

꽃 피면 달 생각하고
달 밝으면 술 생각하고
꽃 피자 달 밝자 술 얻으면 벗 생각하네
언제면 꽃 아래 벗 데리고
완월장취하려뇨

마음이 어린 후이니

서경덕

마음이 어린 후이니 하는 일이 다 어리다
만중운산에 어느 님 오리마는
지는 잎 부는 바람에 행여 그인가 하노라

현대어 풀이

마음이 어리석으니 하는 일이 모두 어리석구나.
구름이 겹겹이 낀 깊은 산중에 임(황진이)이 어찌 찾아오시겠냐마는
떨어지는 잎과 부는 바람 소리에도 행여나 임이신가 하는구나.

마음이 어린 후이니
하는 일이 다 어리다
만중운산에
어느 님 오리마는
지는 잎 부는 바람에
행여 그인가 하노라

어져 내 일이야

황진이

어져 내 일이야 그릴 줄을 모르더냐
있으라 하더면 가랴마는 제 구태여
보내고 그리는 정은 나도 몰라 하노라

현대어 풀이

아! 내가 벌인 일이여, 그리워할 줄을 몰랐더냐.
있으라고 했더라면 임이 떠났겠냐마는 내가 굳이,
보내놓고 이제 와서 그리워하는 마음은 나도 모르겠구나.

어쳐 내 일이야

그릴 줄을 모르더냐

있으라 하더면 가랴

마는

제 구태여

보내고 그리는 정은

나도 몰라 하노라

청산리 벽계수야

황진이

청산리 벽계수야 수이 감을 자랑 마라
일도창해하면 돌아오기 어려우니
명월이 만공산하니 쉬어간들 어떠리

현대어 풀이

푸른 산에 흐르는 푸른 계곡물아, 쉽게 흘러간다고 자랑하지 말거라.
한번 넓은 바다로 흘러 들어가면 다시 돌아오기는 어려울 것이니
밝은 달이 텅 빈 산을 가득 비추고 있는 지금은 잠시 쉬어 가는 게 어떻겠느냐.

청	산	리		벽	계	수	야		
수	이		감	을		자	랑		마
라									
일	도	창	해	하	면				
돌	아	오	기		어	려	우	니	
명	월	이		만	공	산	하	니	
쉬	어	간	들		어	떠	리		

동짓달 기나긴 밤을

황진이

동짓달 기나긴 밤을 한 허리를 베어내어
춘풍 이불 아래 서리서리 넣었다가
어론 님 오신 날 밤이여든 굽이굽이 펴리라

현대어 풀이

음력 11월의 가장 긴 밤의 한가운데를 잘라내어서
봄바람처럼 따뜻한 이불 아래에 차곡차곡 개어 넣어두었다가
사랑하는 임이 오시는 날 밤이 되면 차근차근 펴리라.

동짓달 기나긴 밤을
한 허리를 베어내어
춘풍 이불 아래
서리서리 넣었다가
어론님 오신 날
밤이여든
굽이굽이 펴리라

21

산은 옛 산이로되

황진이

산은 옛 산이로되 물은 옛 물이 아니로다
주야에 흐르거든 옛 물이 있을쏘냐
인걸도 물과 같도다. 가고 아니 오노매라

현대어 풀이

산은 세월이 흘러도 그대로 옛날 산이지만 물은 옛날 물이 아니다.
밤낮으로 흐르는데 옛 물이 있겠는가.
사람도 물과 같구나. 떠나가면 돌아오지 않으니.

산은 옛 산이로되
물은 옛 물이 아니로다
주야에 흐르거든
옛 물이 있을쏘냐
인걸도 물과 같도다
가고 아니 오노매라

묏버들 가려 꺾어

홍랑

묏버들 가려 꺾어 보내노라 님에게
주무시는 창밖에 심어두고 보소서
밤비에 새잎이 나거든 나인가도 여기소서

현대어 풀이

산버들 가지를 골라 꺾어서 임에게 보냅니다.
주무시는 창문 밖에 심어두고 보세요.
밤비에 새잎이 난다면 나인가 하고 여겨주세요.

묏버들 가려 꺾어
보내노라 님에게
주무시는 창밖에
심어두고 보소서
밤비에 새잎이 나거든
나인가도 여기소서

꿈에 뵈는 님이

명옥

꿈에 뵈는 님이 신의 없다 하건마는
탐탐이 그리울 제 꿈 아니면 어이 보리
저 님아 꿈이라 말고 자로자로 뵈시소

현대어 풀이

꿈에서 만나는 임은 꿈인 까닭에 믿음도 의리도 없다고 하지만
못 견디게 그리울 때 꿈에서가 아니면 어떻게 보겠습니까?
그리운 임이시여, 꿈에라도 좋으니 자주자주 보이소서.

꿈에 뵈는 님이

신의 없다 하건마는

탐탐이 그리울 제

꿈 아니면 어이 보리

저 님아 꿈이라 말고

자로자로 뵈시소

24

어버이 살아실 제

정철

어버이 살아실 제 섬기기를 다 하여라
지나간 후면 애닯다 어이 하리
평생에 고쳐 못할 일이 이뿐인가 하노라

현대어 풀이

부모님께서 살아계시는 동안에 정성을 다해 잘 모셔라.
세상을 떠나 없으신 후에는 아무리 가슴치고 슬퍼해도 어찌하겠는가?
평생을 살면서 다시 돌리지 못할 일이니, 나중에 후회하지 말고 효도를 다 하라.

어버이 살아실 제
섬기기를 다 하여라
지나간 후면
애닯다 어이 하리
평생에 고쳐 못할
일이
이뿐인가 하노라

내 마음 베어내어

정철

내 마음 베어내어 저 달을 맹글고저
구만리 장천에 번듯이 걸려 있어
고운 님 계신 곳에 가 비추어나 보리라

현대어 풀이

내 마음을 베어내어서 밤하늘의 저 달을 만들고 싶구나.
아득하게 멀리 떨어져 있는 하늘에도 걸려서
고운 임(임금) 계신 곳을 비추면 내 마음을 알아보시겠지.

내 마음 베어 내어

저 달을 맹글고저

구만리 장천에

번듯이 걸려 있어

고운 님 계신 곳에

가

비추어나 보리라

26

동창이 밝았느냐

남구만

동창이 밝았느냐 노고지리 우지진다
소 치는 아이는 상기 아니 일었느냐
재 넘어 사래 긴 밭을 언제 갈려 하나니

현대어 풀이

동쪽 하늘이 밝아 아침이 되지 않았느냐, 종달새가 울며 지저귄다.
소를 몰고 나갈 아이는 아직도 자고 있느냐?
고개 너머에 있는 이랑이 긴 밭을 언제 갈려고 하는 건지.

동창이 밝았느냐

노고지리 우지진다

소 치는 아이는

상기 아니 일었느냐

재 넘어 사래 긴

밭을

언제 갈려 하나니

태산이 높다 하되

양사언

태산이 높다 하되 하늘 아래 뫼이로다
오르고 또 오르면 못 오를 리 없건마는
사람이 제 아니 오르고 뫼만 높다 하더라

현대어 풀이

태산이 아무리 높다고 해도 하늘 아래에 있는 산일 뿐이다.
계속해서 오르려고 노력하면 못 올라갈 이유가 없을 것인데
자기 스스로 오르지는 않으면서 산이 높다고만 말하는구나.

태산이 높다 하되
하늘 아래 뫼이로다
오르고 또 오르면
못 오를 리 없건마는
사람이 제 아니 오르고
뫼만 높다 하더라

28

녹초 청강상에

서익

녹초 청강상에 굴레 벗은 말이 되어
때때로 머리 들어 북향하여 우는 뜻은
석양이 재 넘어가매 임자 그려 우노라

현대어 풀이

푸른 풀이 우거진 맑은 강변에서 노니는 말(벼슬을 그만둔 사람)처럼 자유롭게 되었지만
가끔 북쪽을 바라보며(임금이 있는 곳) 눈물짓는 이유는
나이 들고 늙어갈수록 임금이 그립기 때문이다.

녹초 청강상에
굴레 벗은 말이 되어
때때로 머리 들어
북향하여 우는 뜻은
석양이 재 넘어가매
임자 그려 우노라

29

국화야 너는 어이

이정보

국화야 너는 어이 삼월동풍 다 보내고
낙목한천에 네 홀로 피었느냐
아마도 오상고절은 너뿐인가 하노라

현대어 풀이

국화야, 너는 어찌하여 따뜻한 봄바람을 다 보내고
나뭇잎이 떨어지는 추운 계절에 너 혼자 피어 있느냐?
아마도 서릿발 심한 추위도 굴하지 않고 이겨 내는 높은 절개를 지닌 것은
너뿐인 것 같구나.

국화야 너는 어이
삼월동풍 다 보내고
낙목한천에
네 홀로 피었느냐
아마도 오상고절은
너뿐인가 하노라

공명을 즐겨 마라

김삼현

공명을 즐겨 마라 영욕이 반이로다
부귀를 탐치 마라 위기를 밟나니라
우리는 일신이 한가커니 두려운 일 없에라

현대어 풀이

벼슬길에 나서는 것을 좋아하지 마라. 영예와 치욕이 함께 있다.
재물과 지위를 욕심내지 마라. 위기를 맞게 된다.
우리는 부귀와 공명을 멀리하고 한가로우니 두려워할 일이 없다.

공명을 즐겨 마라
영욕이 반이로다
부귀를 탐치 마라
위기를 밟나니라
우리는 일신이 한가커니
두려운 일 없에라

31

이화우 흩날릴 제

이매창

이화우 흩날릴 제 울며 잡고 이별한 님
추풍낙엽에 저도 나를 생각는가
천 리에 외로운 꿈만 오락가락 하노매라

현대어 풀이

배꽃이 비 내리듯 흩날리던 때 붙잡고 울면서 헤어진 임이여.
가을바람에 떨어지는 잎을 보면서 임도 나를 생각해 주실까?
너무 멀리 떨어져 있어 몸은 못 가고 꿈에서만 오갈 뿐이니 애가 타는구나.

이화우 흩날릴 제
울며 잡고 이별한 님
추풍낙엽에 저도
나를 생각는가
천 리에 외로운 꿈만
오락가락 하노매라

한산섬 달 밝은 밤에

이순신

한산섬 달 밝은 밤에 수루에 혼자 앉아
큰 칼 옆에 차고 깊은 시름 하는 차에
어디서 일성호가는 남의 애를 끊나니

현대어 풀이

한산섬에 달이 밝게 떠오른 밤에 성 위 누각에 혼자 앉아
큰 칼을 옆에 차고 깊은 시름에 잠겨 있는데
어디선가 들려오는 한 가락 피리 소리가 나의 창자를 끊는 듯하구나.

한산섬 달 밝은 밤에
수루에 혼자 앉아
큰 칼 옆에 차고
깊은 시름 하는 차에
어디서 일성호가는
남의 애를 끊나니

33

가노라 삼각산아

김상헌

가노라 삼각산아, 다시 보자 한강수야
고국산천을 떠나고자 하랴마는
시절이 하 수상하니 올동말동 하여라

현대어 풀이

떠난다, 북한산아. 다시 보자, 한강 물아.
고국의 산과 강을 떠나고 싶겠냐마는
시절이 보통 때와 달리 매우 뒤숭숭하니 돌아올 수 있을지 모르겠다.

가노라 삼각산아,
다시 보자 한강수야
고국산천을
떠나고자 하랴마는
시절이 하 수상하니
올 둥 말 둥 하여라

잔 들고 혼자 앉아

윤선도

잔 들고 혼자 앉아 먼 뫼를 바라보니
그리던 님이 오다 반가움이 이러하랴
말씀도 웃음도 아녀도 못내 좋아하노라

현대어 풀이

술잔을 들고 혼자 앉아서 먼 산을 바라보니
그리워하던 임이 온다고 한들 반가움이 이보다 더할 수 있겠는가.
산이 말도 없고 웃음을 짓지도 않지만, 마냥 좋기만 하구나.

잔 들고 혼자 앉아
먼 뫼를 바라보니
그리던 님이 오다
반가움이 이러하랴
말씀도 웃음도 아녀도
못내 좋아하노라

35

자네 집에 술 익거든

김육

자네 집에 술 익거든 부디 나를 부르시소
초당에 꽃피거든 나도 자넬 청하옴세
백 년간 시름 없을 일을 의논코저 하노라

현대어 풀이

자네 집에 담근 술이 익으면 꼭 나를 불러주게.
내 집에 꽃이 피면 나도 자네를 초대하겠네.
백 년 동안 근심 없이 지낼 방법이나 같이 의논하세.

자	네		집	에		술	익 거
든							
부	디		나	를		부 르 시 소
초	당	에		꽃	피 거 든		
나	도		자	넬		청 하 옴 세
백		년	간		시	름	없 을
일	을						
의	논	코	저		하	노	라

사용 그림   표지 Image by freepik

하루 한 장 치매 예방과 뇌 건강을 위한 작은 습관
우리 옛시조 시니어 필사책

1판 1쇄 펴냄 2026년 4월 20일

지은이 WG Contents Group

펴낸곳 ㈜북핀
등록   제2021-000086호(2021. 11. 9)
주소   경기도 부천시 조마루로385번길 92
전화   032-240-6110 / **팩스**   02-6969-9737

ISBN 979-11-91443-49-3 03800
값   10,000원